19.80

Wo die Zeit wohnt

Ein modernes Märchen erzählt von Vladimír Škutina
und illustriert von Marie-José Sacré

bohem press

Karin stand am Fenster und schaute auf die abendliche Stadt.
Niemand hatte Zeit für sie.

„Ich habe keine Zeit, das siehst du doch, nicht wahr?" antwortete der Vater kurz, als Karin ihn fragte, ob er irgend ein Märchen über die Zeit kenne. Er las die Zeitung und schaute hin und wieder zum Fernsehapparat. Dort war gerade ein Fußballmatch zu sehen.

„Laß mich in Ruhe, für solche Dummheiten habe ich keine Zeit!" schnauzte sie der Bruder an, der zu irgendeinem Treffen eilte.

„Mama, wie kann man die Zeit zeichnen?" fragte Karin. Die Mutter bügelte und gab dabei acht, daß ihr Kuchen im Ofen nicht anbrannte. „Die Zeit kann man nicht zeichnen. Die Zeit ist ein Ungeheuer." Und sie schaute wieder in den Backofen.

Karin ging durch die Küche, durch das Zimmer, durch das Vorzimmer. Niemand beachtete sie. Sie zog sich an und verließ das Haus. Die große, beleuchtete Uhr am Turm zeigte zwanzig Minuten nach fünf. „Dort wird sicher die Zeit wohnen", flüsterte die kleine Karin und entschloß sich, sie zu suchen.

Das eiserne Pförtchen zu dem kleinen Hof vor dem Turm stand offen. Auf der frischen, dünnen Schneedecke hatte es Spuren. Große Spuren. Sie führten zum Turm. „Ein Ungeheuer", sagte Karin zu sich. In ihrem Kopf wiederholte sich die Antwort der Mutter, die Zeit sei ein Ungeheuer, das den Menschen am Abend alles nehme, was es ihnen am Morgen gegeben habe.

Sie stieß gegen die schwere, beschlagene Türe des Turmes. Sie öffnete sich ein wenig. Karin sah sich um und trat dann vorsichtig auf den Zehenspitzen in den Turm hinein. Eine steinerne, abgetretene Wendeltreppe führte nach oben. Der Wind schlug hinter Karin die Türe zu. Erschrocken drückte sich das Mädchen an die Wand. Ein Stück Verputz fiel herunter. „Die Zeit ist ein Ungeheuer!" hörte Karin wie durch ein Echo wieder die Stimme ihrer Mutter. Bestimmt war sie jetzt in ein Märchen geraten. Sie entschloß sich, keine Angst zu haben, denn in Märchen geschieht den Kindern nichts Böses, wenn sie Mut haben.

„Ich fürchte dich nicht, Ungeheuer!" schrie Karin auf einmal hinauf in den Turm. Das Echo gab ihren Ausruf zurück. Es geschah nichts.

Sie stieg weiter hinauf bis zu einem rechteckigen Umgang, der von vier Zifferblättern beleuchtet war. Eine riesige Uhrmaschine tickte in der Mitte, Zahnräder, Ketten und Seile waren da. Auch ein Pendel, das die Sekunden regelmäßig angab. Der Wind pfiff zwischen dem Ticken der Uhr. Plötzlich begann die Uhrmaschine zu dröhnen, die Ketten rasselten, und die Zahnräder setzten sich in Bewegung. Die Uhr schlug die halbe Stunde. Der Turm erzitterte.

Oben, über der Uhrmaschine auf einem Brücklein, erschien ein kleiner, quecksilbriger Greis und schmunzelte. „Zeitgeist", hauchte Karin. Der kleine Greis begann, die Treppe herunterzusteigen, und Karin stellte mit Erleichterung fest, daß er wie ihr Großvater aussah.

„Wohnt hier die Zeit bei dir, Zeitgeist? Hütest du sie?" platzte sie heraus, als das Männlein noch auf der Treppe stand. „Du bist nicht nett zu den Menschen, Zeitgeist.
Du gibst ihnen wenig Zeit, und sie können nicht mit den Kindern spielen. Die Kinder sind dann allein, und alles ist traurig..."

Karin erzählte nun dem alten Zeitmännlein, warum sie gekommen war, die Zeit zu suchen. Bis zum Überdruß habe sie immer wieder von allen Seiten das abgedroschene Liedchen gehört: „Ich habe keine Zeit! Ich habe keine Zeit!" Niemand hatte Zeit für sie, weder die Mutter noch der Vater, noch der Bruder - niemand. Deshalb habe sie sich entschlossen, die Zeit zu suchen. Nur habe sie nicht gewußt, wo sie wohne. Bis der Bruder ihr gesagt habe, daß sie in der Uhr wohne.

Daraufhin hatte Karin zuerst Vaters Armbanduhr auseinandergenommen, dort wohnte aber keine Zeit. Wie könnte sie auch! Wenn sie doch ein Ungeheuer war, hätte sie dort keinen Platz gehabt. Und so rückte sie am nächsten Tag den Stuhl zur großen Pendeluhr mit dem Kuckuck und schaute hinein. Die Uhr fiel aber auf den Boden, und es gab großen Ärger. Damals ließ der Vater hören, es sei jetzt höchste Zeit, daß man mit Karin etwas mache und daß man sich mit ihr mehr befasse. Als er „höchste Zeit" sagte, dachte Karin, daß die höchste Zeit im höchsten Turm wohnen müsse. Deshalb war sie nun hier.

„Was macht die Zeit den ganzen Tag, Zeitgeist?" fragte sie. „Die Zeit muß den ganzen Tag die Rädchen von allen Uhren treiben", lächelte das alte Männlein, „damit sie sich drehen und laufen und damit sich die Menschen nach ihnen drehen und laufen."
„So halte doch für eine Weile die Zeit an, Zeitgeist", bat Karin. „Ich werde schnell nach Hause springen. Niemand wird eilen müssen. Alle werden Zeit für mich haben."
„Das geht nicht", sagte das Männlein. „Die Zeit kannst du nicht aufhalten." Karin wußte aber, daß in den Märchen alles möglich war. Der Zeitgeist fragte sie, ob sie möchte, daß die Märchen Wirklichkeit seien. Karins Augen leuchteten. „Ich möchte schon!"
„Aber dann müßten auch die Teufel, Drachen und Hexen wirklich sein..." Plötzlich erschrak sie. „Und auch die Ungeheuer?" - „Ja, sie auch!" - „Die Mutter sagte, die Zeit sei ein Ungeheuer!" Der Zeitgeist lächelte und sagte, daß sie es sei und auch nicht sei. „Wer mit der Zeit nicht umgehen kann, den kann sie in Atem halten. Aber wer es versteht, sich Zeit zu nehmen..."
„Kann man denn die Zeit nehmen?" fragte Karin mißtrauisch.

Das Männlein setzte sie auf einen Balken, und durch ein kleines Fenster sah Karin unter sich die ganze Stadt. „Alles ist möglich. Schau, dies alles haben die Menschen geschaffen; sie bauten Häuser, Straßen, die ganze Stadt, sie erfanden Licht, Autos, Straßenbahnen, - alles. Dazu brauchten sie Zeit. Und die mußten sie sich nehmen. Die Zeit hilft den Menschen, auch wenn sie zu ihnen manchmal geizig ist."

Plötzlich sprang Karin vom Balken, ganz erschrocken. Sie wollte wissen, wie spät es war. „In einer kleinen Weile wird es sechs schlagen!" „Das wird zu Hause eine Strafe geben! Ich sollte um sechs zu Hause sein", jammerte Karin und wollte die Treppe hinunter laufen. Sie sah aber ein, daß sie es nicht mehr schaffen würde.

„Du, Zeitgeist", bat sie, „könntest du nicht einmal eine Ausnahme machen und die Zeit anhalten? Wenn es vom Turm sechs schlägt, muß ich zu Hause sein."

„Und weißt du, daß ich es kann... ausnahmsweise", sagte der kleine Greis und lächelte wieder so schön wie Karins Großvater. „Und weißt du auch, warum?" Karin wußte es nicht.

„Weil ich kein Zeitgeist bin. Ich bin Uhrmacher, der diese Uhr repariert und behütet. Deshalb kann ich es für dich machen." Er stieg die Treppe hinauf, hielt das riesige Pendel an, und plötzlich war es still. Karin glaubte nicht, daß der Uhrmacher kein Zeitgeist sei. Sie war aber froh, daß er die Zeit aufhielt. Schnell verabschiedete sie sich und lief nach Hause.

Sie kam atemlos zu Hause an. „Wo warst du denn?" fragte die Mutter, und der Vater schaute streng auf seine Armbanduhr. Es war ein Viertel nach sechs.
„Im Märchen", antwortete Karin. Die leuchtende Uhr am Turm zeigte gerade sechs. Und sie fing an zu schlagen.
„Es ist sechs Uhr", sagte Karin und zeigte auf den Turm. Der Vater schaute die Mutter an, und beide lächelten ihr zu.

„Und was hast du in dem Märchen gesehen?" fragten sie. „Ich weiß jetzt, wo die Zeit wohnt", sagte Karin. „Und wenn ihr für mich einen Augenblick Zeit habt, werde ich es euch erzählen."

© 1985 by bohem press - Zürich,
Recklinghausen, Wien, Paris
Alle Rechte vorbehalten
Satz: Fotocomposizione Triveneta - Verona
Photolithos: Eurocrom 4 - Treviso
Druck: Grafiche AZ - Verona
ISBN 3-85581-171-7